AF357611

COLLECTION HENRI ROUART

TABLEAUX

ANCIENS & MODERNES

composant la collection de feu

M. HENRI ROUART

et dont la vente, par suite de son décès, aura lieu à Paris

GALERIE MANZI-JOYANT

15, rue de la Ville-l'Evêque

Les lundi 9, mardi 10 et mercredi 11 décembre 1912,
à 2 heures précises

Commissaires-Priseurs

Mᵉ F. Lair Dubreuil	Mᵉ Henri Baudo
6. Rue Favart, 6	10, rue Grange-Batelière, 10

Experts

MM. Durand-Ruel & Fils	M. Hector Brame
16, Rue Laffitte, 16	2, Rue Laffitte, 2

EXPOSITIONS

Particulière, le samedi 7 décembre 1912, de 1 h. ½ à 6 heures.
Publique, le dimanche 8 décembre 1912, de 1 h. ½ à 6 heures.

ORDRE DES VACATIONS

Le lundi 9 décembre 1912

Tableaux modernes, numéros pairs.

Le mardi 10 décembre 1912

Tableaux modernes, numéros impairs.

Le mercredi 11 décembre 1912

Tableaux anciens, n°s 1 à 77.

CONDITIONS DE LA VENTE

Elle sera faite au comptant.

Les acquéreurs payeront 10 p. 100 en sus des enchères.

L'Exposition mettant le public à même de se rendre compte de l'état et de la nature des tableaux, il ne sera admis aucune réclamation une fois l'adjudication prononcée.

Imprimerie Saint-Germain, 15, Rue des Canettes

TABLEAUX ANCIENS

1 — BEUCKELAER. Jésus chez Marthe et Marie.

2 — BOILLY. Général Baron Camus de Richemont.

3 — BONITO. Portrait d'homme.

4 — BREUGHEL. Rixe de paysans.

5. — BRUYN (LE). Portrait de femme.

6 — CARNICERO. Portrait de femme.

7 — CEREZZO. L'Assomption.

8 — CHAMPAIGNE. (Philippe de). Portrait d'homme.

9 — CHAMPAIGNE (Philippe de). Anne d'Autriche.

10 — CHARDIN. Instruments de musique.

11 — DANDRE BARDON. Turquerie.

12 — DANLOUX. Portrait d'homme.

13 — DAVID. Bélisaire demandant l'aumône.

14 — DUMONSTIER. Portrait d'homme.

15 — DUPLESSIS. Portrait de Madame Couturier.

16 — ECOLE ALLEMANDE. Christ s'appuyant s. la croix.

17. — ECOLE ALLEMANDE (XVIᵉ). Portrait d'homme.

18 — ECOLE ANGLAISE (XIXᵉ). Portrait d'homme.

.19 — ECOLE BYZANTINE. La Crucifixion.

20 — ECOLE ESPAGNOLE. Archimède.

21 — ECOLE ESPAGNOLE. Bénédiction d'un malade.

22 —. ECOLE ESPAGNOLE. Saint-Ignace de Loyola.

23 — ECOLE ESPAGNOLE. Portrait présumé de Goya.

24 — ECOLE FRANÇAISE. Portr. de Diane de France.

25 — ECOLE FRANÇAISE. Portrait de femme.

26 — ECOLE FRANÇAISE. Portrait d'homme.

27 — ECOLE FRANÇAISE. La Joueuse de vielle.

28 — ECOLE FRANÇAISE. Portrait d'homme.

29 — ECOLE FRANÇAISE. Portrait d'homme.

30 — ECOLE FRANÇAISE. Portrait d'homme.

31 — ECOLE FRANÇAISE. Portrait de femme.

32 — ECOLE HOLLANDAISE. Ascension de J.-Christ.

33 — ECOLE SIENNOISE. La Vierge à l'Enfant.

34 — ECOLE DE VERONE. Diptyque.

35 — VAN EVERDINGEN. Marine.		
36 — FOUQUIERES. Effet de neige.		
37 — FRAGONARD. Le Repos pendant la fuite en Egypte.		
38 — FRAGONARD. Paysage.		
39 — GOYA Y LUCIENTES. Femme espagnole.		
40 — GRANET. La Chapelle de la Vierge à Saint-Roch.		
41 — GRANET. La Leçon.		
42 — GRECO. Un Apôtre.		
43 — GRECO. L'Apparition de la Vierge.		
44 — GRECO. Saint-François d'Assise.		
45 — GRECO. Saint-François d'Assise en prière.		
46 — GROS (Baron). Un Ramoneur.		
47 — HEEMSKERK. Daniel confond. les prêtres de Baal.		
48 — HERCULANUM (Peinture trouvée à). Femme assise.		
49 — INGEGNO (l'). Vierge à l'Enfant.		
50 — JEAURAT. La Convalescente.		
51 — LEAL. Portrait de Don Manuel Padial.		
52 — LEPICIE. Portrait d'homme.		
53 — MAAS (Nicolas). Femme assise.		

54 — MAYER (Constance). La Barque.

55 — MICHEL (Georges). Paysage.

56 — MOOR (Karel de). Un cavalier.

57 — NETSCHER (Constantin). Portrait de femme.

58 — NONNOTTE (Donat). Portrait de femme.

59 — OTTLEY. Portrait d'homme.

60 — PAREJA (de). Portrait d'une Infante.

61 — POUSSIN (Nicolas). L'Enfance de Bacchus.

62 — PRUD'HON. L'Abondance.

63 — PRUD'HON. Portr. de la Princesse Elisa Bacciochi.

64 — PRUD'HON. Adam et Eve chass. du paradis terrest.

65 — PUGET (Pierre). Portrait de l'artiste.

66 — RIBERA. Le Sculpteur aveugle.

67 — ROBERT (Hubert). Le Jardin de l'Infante.

68 — SCOREL (Jean). Vierge à l'Enfant.

69 — SIRANI (Elisab.). La Vierge allaitant l'Enfant Jésus.

70 — STRIGEL. Un ange.

71 — TENIERS. Paysage.

72 -- TIEPOLO. Portrait d'un sculpteur.

73 — TIEPOLO. La Vierge et l'Enfant Jésus.

74 — TIEPOLO. Mort du Pape Pie II.

75 — TROY (François de). Portrait de femme.

76 — VELASQUEZ. Portrait d'homme.

77 — VINCENT. Portrait de l'artiste.

TABLEAUX MODERNES

78 — BOUDIN. A Trouville.	1.000	1.300
79 — BOUDIN. Vue d'un port.		
80 — BOUDIN. Bassin d'un port.	2.000	250
81 — BOUDIN. Une foire aux bestiaux.		
82 — BROWN (John-Lewis). Cavaliers.	2.000	
83 — CALS. Paysanne et enfant.		
84 — CALS. Le Dimanche à Saint-Siméon.	4.000	5.100
85 — CALS. Le Vieux Pêcheur.		
86 — CALS. Scène d'intérieur.	2.000	2.100

87 — CALS. Intérieur d'une cour.

88 — CALS. La Fileuse.

89 — CALS. La Mère et l'Enfant.

90 — CALS. Un cultivateur à Orrouy.

91 — CASSAT (Mary). Le Thé.

92 — CEZANNE. Les Baigneuses.

93 — CEZANNE. Femme et enfant.

94 — CEZANNE. Nature morte.

95 — CEZANNE. Etude de nu.

96 — CEZANNE. Nature morte.

97 — CHAPLIN. Portrait de Madame Feydeau.

98 — CHAPLIN. Portrait de Monsieur Feydeau.

99. — CHINTREUIL. Paysage.

100. — CHINTREUIL. Effet de matin.

101 — COLIN (Gustave). La Baie de Saint-Jean-de-Luz.

102 — COLIN (Gustave). Paysage.

103 — COLIN (Gustave). Chemin montant de Bordagain.

104 — COROT. Cavalier en vue d'un village.

105 — COROT. Rome, île et pont San Bartolomeo.

−106 — COROT. Paysage près d'un moulin à eau.	16000	19252
107 — COROT. Marino, vue générale (le matin).		
−108 — COROT. Bretonne allaitant son enfant.	16510	21733
109 — COROT. Aqueducs dans la campagne romaine.		
−110 — COROT. Volterra, route descendant de la ville.	16000	20000
111 — COROT. Rome, le Colisée.		
−112 — COROT. Une chapelle du Limousin.		7000
113 — COROT. Suissesse de l'Oberland.		
−114 — COROT. A Tivoli, Villa d'Este.	70000	
115 — COROT. Environs de Montpellier.		
−116 — COROT. Environs de Schéveningue (Hollande).	4000	2100
1,7 — COROT. J. garç. coiffé d'un chap. haut de forme.		
−118 — COROT. Baigneuses, les îles Borromées.	240000	210000
119 — COROT. La femme de ménage.		
−120 — COROT. La Soubrette à la fleur rouge.	2500	1000
121 — COROT. Jeune femme en robe rose.		
−122 — COROT. Aqueducs dans la campagne romaine.	6000	8500
123 — COROT. Collines de Genzano.		
−124 — COROT. Jeune femme jouant de la mandoline.	15000	12000

125 — COROT. La femme en bleu.		
126 — COROT. Bohémienne rêveuse.		
127 — COROT. Italienne à la fontaine.		
128 — COROT. Jeune femme blonde à la tunique claire.		
129 — COROT. Rome, la vasque de l'Académie de France.		
130 — COROT. Tête d'homme.		
131 — COROT. La Source.		
132 — COROT. Gouvieux, près Chantilly.		
133 — COROT. Le Velino, à la sortie du lac de Papigno.		
134 — COROT. Un lac de l'Oberland.		
135 — COROT. Vue de la tour de Rabat, à Grenoble.		
136 — COROT. Saulaie, le matin.		
137 — COROT. Bouquets d'arbres, le soir.		
138 — COROT. Dame assise, de face.		
139 — COROT. Paysanne à la chemise blanche.		
140 — COROT. Collines boisées.		
141 — COROT. La Tragédie.		
141 bis — COROT. Sous bois.		
142 — COROT. Vue de Papigno.		

143 — COROT. La Poésie.

144 — COROT. Naples et le château de l'Œuf.

145 — COROT. Intérieur du baptistère de Saint-Marc.

146 — COROT. L'Étoile du berger.

147 — COROT. Tête de jeune Italienne.

148 — COROT. Albano, versant rocheux.

149 — COROT. Fontainebleau. — Près la Chaise à Marie.

150 — COURBET. Portrait du philosophe Trapadoux.

151 — COURBET. La Ferme des Poncets.

152 — COURBET. Le Puits noir.

153 — COURBET. Femme nue.

154 — COURBET. Portrait de l'artiste.

155 — COURBET. Nature morte.

156 — COURBET. Nature morte.

157 — COURBET. Nature morte.

158 — COUTURE. Jeune fille au bord de la mer.

159 — COUTURE. Portrait de Mme Poulain-Dumesnil.

160 — DAUMIER. Porteur d'eau.

161 — DAUMIER. Crispin et Scapin.

162 — DAUMIER. Les Avocats.

163 — DAUMIER. Scène de la Révolution.

154 — DAUMIER. Un coin de théâtre.

165 — DAUMIER. Le Liseur.

166 — DAUMIER. Peintre feuilletant un carton de dessins.

167 — DAUMIER. Silène et faunes.

168 — DAUMIER. Noctambules.

169 — DAUMIER. Les Amateurs d'estampes.

170 — DAUMIER. Un coin du palais.

171 — DAUMIER. Les Buveurs.

172 — DAUMIER. Dans la rue.

173 — DAUMIER. Amateurs de tableaux.

174 — DAUZATS. Intérieur d'une église de village.

175 — DECAMPS. Paysage.

176 — DEGAS. La Répétition de danse.

177 — DEGAS. Les Danseuses à la barre.

178 — DEGAS. Sur la plage.

179 — DEGAS. Danseuses dans une salle d'exercice.

180 — DEGAS. L'Enlèvement des Sabines.

181 — DELACROIX. Mort de Sénèque.		
182 — DELACROIX. Portrait de l'artiste.		11000
183 — DELACROIX. Aspasie la Mauresque.		
184 — DELACROIX. Héliodore chassé du temple.		2700
185 — DELACROIX. Comp^{on} p^r plafond Apollon, Louvre.		
186 — DELACROIX. Assassinat de Jean Sans Peur.		4800
187 — DELACROIX. Saint-Sébastien.		
188 — DELACROIX. Adam et Eve chassés du Paradis.	2000	1600
189 — DELACROIX. Coin d'atelier : le poêle.		
190 — DELACROIX. Les deux Indiens.	6000	5600
191 — DELACROIX. Tête pour une Pietà.		
192 — DELACROIX. Fleurs.	6000	5100
193 — DEVERIA. Gaston d'Orléans se blessant dans un bal.		
194 — DIAZ. Paysage.	1000	1450
195 — DIAZ. Fleurs.		
196 — DUPRE (Jules). Paysage.	3000	5100
197 — DUPRE (Jules). Paysage.		
198 — FANTIN-LATOUR. La Nuit.	15000	18000
199 — FANTIN-LATOUR. Nature morte.		

200 — FANTIN-LATOUR. Baigneuse.

201 — FANTIN-LATOUR. Figure de femme.

202 — FORAIN. L'Assistance judiciaire.

203 — FORAIN. Au Jardin de Paris.

204 — GAUGUIN, Papaete.

205 — HARPIGNIES. Paysage.

206 — HARPIGNIES. Paysage.

207 — HEIM, Charles X distrib^t récomp^{ses}, Salon de 1824.

208 — INGRES. Portrait de Pallières.

209 — ISABEY. Une rue en Orient.

210 — ISABEY. Au bal.

211 — ISABEY. Combat naval près de Dunkerque.

212 — ISABEY. L'Alchimiste.

213 — ISABEY. Marine.

214 — ISABEY. Bateau de pêche.

215 — JONGKIND. Vue du pont Louis-Philippe, à Paris.

216 — JONGKIND. Vue de Hollande.

217 — JONGKIND. Un port en Hollande.

218 — JONGKIND. Un canal près de Rotterdam.

219 — JONGKIND. Moulin au bord d'un canal (Hollande).

220 — JONGKIND. Le Pont-Neuf.

221 — JONGKIND. Environs de Nevers.

222 — LAMY (Eugène). Un cavalier.

223 — LEPINE. Effet de lune.

224 — LEPINE. Paris, place de la Concorde.

225 — LEPINE. Herbage aux environs de Caen.

226 — LEPINE. La Seine à Bercy.

227 — LEPINE. La Seine à Rouen.

228 — LEPINE. Vue du Trocadéro.

229 — LEPINE. La Seine près du Pont-Neuf.

230 — LEPINE. Les Bords de la Seine.

231 — LEPINE. La Seine près du Pont des Arts.

232 — LEPINE. Le Bassin du port de Caen.

233 — LEPINE. L'Esplanade des Invalides.

234 — LEPINE. La Seine à Bercy.

235 — MANET. La Leçon de musique.

236 — MANET. Buste de femme nue.

237 — MANET. Sur la plage.

238 — MILLET. Le Coup de Vent.

239 — MILLET. Fin de la journée (L'homme à la veste).

240 — MILLET. Paysanne.

241 — MILLET. Effet de soir.

242 — MILLET. Bûcheronnes.

243 — MILLET. Les Etoiles Filantes.

244 — MILLET. La Tentation de Saint-Hilarion.

245 — MILLET. L'Amour endormi.

246 — MILLET. Mère et Enfant.

247 — MILLET. Le Barde et Ophélie.

248 — MILLET. Entrée de la Forêt à Barbizon.

249 — MILLET. Baigneuse.

250 — MILLET. Le Vieux Mendiant.

251 — MILLET. La Sainte Famille.

252 — MONET. Matinée dans le port du Havre.

253 — MONET. Les Bords de la Seine, à Argenteuil.

254 — MONET. Effet d'hiver à Argenteuil.

255 — MONET. Pavé de Chailly (Forêt de Fontainebleau).

256 — MONET. Le Champ de Foire.

257 — MONTICELLI. Portrait d'homme.		
258 — MORISOT. Sur la Terrasse.		
259 — PISSARRO (C.). Paysage.		
260 — PISSARRO (C.). La Grand'Route.		
261 — PISSARRO (C.). Lisière d'un bois.		
262 — PISSARRO (C.). Paysage aux environs de Paris.		
263 — PISSARRO (C.). Paysage.		
264 — PUVIS DE CHAVANNES. L'Espérance.		
265 — PUVIS DE CHAVANNES. Marseille, Colonie grecq.		
266 — PUVIS DE CHAVANNES. Femme nue.		
267 — PUVIS DE CHAVANNES. Portrait de M. Villiers.		
268 — RENOIR. La Parisienne.		
269 — RENOIR. Allée cavalière au Bois de Boulogne.		
270 — RENOIR. Femme dans un jardin.		
271 — RICARD. Portrait de M. Moreau.		
272 — RICARD. Nature morte.		
273 — ROUSSEAU (Th.). Paysage.		
274 — ROUSSEAU (Th.). Vue de la ville de Bressuire.		
275 — ROUSSEAU (Th.). Paysage à Thiers.		

276 — ROUSSEAU (Th.). Portrait de l'artiste.

277. — STEUBEN (DE). Portrait d'Eugène Delacroix.

278 — TASSAERT. Femme et Fillette dans la neige.

279 — TASSAERT. Le Retour du bal.

280 — TASSAERT. La Tentation de saint Antoine.

281. — TASSAERT. Liseuse dans un bois.

282 — TASSAERT. Suicide d'une ouvrière.

283 — TASSAERT. Les Enfants au lapin.

284 — TOULOUSE-LAUTREC. Femme dans un jardin.

285 — TROYON. Le Poudreux, près Honfleur.